鬥嘴一班 ④

玩轉訓練營

卓瑩 著

新雅文化事業有限公司

www.sunya.com.hk

目錄

第一章　搗蛋哥哥　6

第二章　開心快活營　17

第三章　君子協定　28

第四章　最髒的心肝寶貝　40

第五章　都是哥哥惹的禍　53

第六章　似曾相識的藏寶圖　67

第七章　弄巧成拙　78

第八章　「天字第一號」房間　88

第九章　鐵面無私　97

第十章　最漂亮的鬼屋　108

第十一章　作弊疑雲　121

第十二章　哥哥，謝謝你　132

人物介紹

文樂心
（小辮子）

開朗熱情，
好奇心強，
但有點粗心
大意，經常
烏龍百出。

高立民

班裏的高材生，
為人熱心、孝
順，身高是他
的致命傷。

江小柔

文靜溫柔，善解人意，
非常擅長繪畫。

胡直

籃球隊隊員，
運動健將，只
是學習成績總
是不太好。

黃子祺

為人多嘴,愛搞
怪,是讓人又愛
又恨的搗蛋鬼。

周志明

個性機靈,觀察力
強,但為人調皮,
容易闖禍。

吳慧珠 (珠珠)

個性豁達單純,是
班裏的開心果,吃
是她最愛的事。

謝海詩 (海獅)

聰明伶俐,愛表現自己,
是個好勝心強的小女皇。

第一章 悶蛋哥哥

　　文樂心和哥哥文宏力同在藍天小學念書，哥哥是六年級生，每天都會跟她一起乘校車上學放學。

　　可惜文樂心這個哥哥是個大悶蛋，無論怎麼逗他，他也總是愛理不理，令向來活潑好

6

動的她感到很沒趣。

今天下午，當他們回到家裏樓下大堂的時候，哥哥忽然對她說：「你先回家吧，我要到附近的文具店買點東西。」

「你要買什麼啊？」她好奇地問。

「你別管。」哥哥冷淡地應了一聲便轉身而去。

碰了一鼻子灰的文樂心嘟起小嘴

道：「哼，不說便不說，有什麼了不
起？」

　　哥哥回來的時候，手上多了一個
沉甸甸的大袋子。

「哥哥，你有沒有買什麼好吃的？」

文樂心很自然地迎了上去，正打算看看袋子裏有什麼，不料哥哥把袋子往背後一收，一言不發地跑進房間，還隨即把房門帶上，然後整晚躲

在裏面，也不知在幹什麼。

　　她覺得哥哥的行為怪異極了，於是趁着哥哥到浴室洗澡時，偷偷走進他的房間看個究竟。

　　門一開，她馬上禁不住驚訝地喊：「哇！發生什麼事了？」

　　向來愛整潔的文宏力，竟然把房
間弄得亂七八糟，無論書桌、地板還
是睡牀上，都堆滿大大小小的紙張和
照片，好像剛被龍捲風吹襲過似的。

　　她彎身拾起其中一張大畫紙，只
見上面畫着一個不規則的圖形，圖形
內還有很多彎彎曲曲的線條以及紅色

的交叉符號，看來像迷宮，又像是隨手的塗鴉。

正當文樂心感到十分疑惑的時候，哥哥進來了，她連忙揚了揚畫紙，很感興趣地追問：「哥哥，你到底在畫什麼啊？是迷宮嗎？」

哥哥見她拿着自己的畫稿，立刻緊張地把它一手奪回，生氣地朝她吼道：「誰讓你進來的？你怎麼偷看我的東西？快點出去！」

文樂心被他兇巴巴的樣子嚇得眼圈都紅了：「誰有心偷看你的東西？

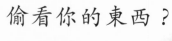

我只是一時好奇你在做什麼而已。」

　　哥哥板着臉道：「你未經別人同意便亂翻別人的東西，怎麼還能如此理直氣壯？」

　　不過就是看看而已，又不會損失什麼，文樂心一心只想跟哥哥多親近些，她不明白哥哥為什麼要小題大做。

　　「不碰就不碰，我才不稀罕呢！」她扁着嘴，氣呼呼地跑回自己的房間，心裏越想便越是覺得委屈，忍不住氣鼓鼓地哼道：「哥哥最討厭了，我以後再也不要理他！」

今天早會的時候，徐老師向同學們宣布了一個大喜訊：「本月最後的那個周末，我們將會舉行一個兩日一夜的訓練營，到時我會和課外活動組的麥老師一同率領大家進行一連串特別的活動。」

同學們聽到這個消息，都驚喜地大叫：「耶，可以去玩個痛快了！」

　　徐老師看了大家一眼，笑着補充道：「舉辦訓練營的目的不是單純地讓大家去玩，而是希望大家能透過活動，學會自理和團隊精神。所以你們宿營時帶的背包，必須由你們親自收拾，這是訓練營的第一個功課。如果

忘了帶東西，我是不會允許你們跟別的同學借用的。」

　　愛搗蛋的黃子祺故意舉手問老師：

是不是什麼東西都可以帶啊？

徐老師白了他一眼，又強調似的重申：「要帶什麼東西，你們可以自行決定，但無論你帶了多少東西，你的背包都是由你自己背，絕對不能假手於人。」

　　小息的時候，大家圍在一起，為

了即將來臨的訓練營而熱烈討論。

　　「哇，我從來沒試過離開爸媽獨自去旅行呢，太酷了！」高立民高興得直嚷嚷。

　　跟他同桌的文樂心悄聲地取笑他：「土包子！」

　　高立民不服氣地反問：「難道你試過自己去宿營嗎？」

　　文樂心昂了昂頭，傲然地道：「雖然我沒試過自己去宿營，但我暑假時曾經獨自到好朋友家中留宿，那種自由自在的感覺真好。小柔，你說對不對？」

小柔撫了撫自己的臂膀，有些不安地道：「沒有爸媽在身旁，總覺得怪怪的。」

　　文樂心拍了拍胸口，呵呵笑地安慰道：「怕什麼，有我們陪着你啊！」

　　「小柔你真傻，沒有大人在旁

管手管腳的宿營，才是開心快活營呢！」周志明一臉嚮往地道。

　　腦筋最好的謝海詩托了托眼鏡，

故意澆他們冷水道：「別忘了還有徐老師和麥老師跟我們同行呢！」

　　麥老師雖然長得像憤怒鳥一樣

兑，可是大家都知道他其實是面惡心
善，也很樂意親近他，所以聽到他的
名字完全無損大家的興致，宿營的話
題仍然持續不斷。

晚飯的時候，文樂心滔滔不絕地
跟爸媽
說：「我
們入住的度
假營設有很多大
型的遊樂設施，
營舍也很舒適，
晚上我還可以跟
小柔一起躲在被窩

裏編織彩虹手繩呢！」

　　文宏力冷冷地瞄了她一眼，以警告的語氣道：「在訓練營裏是不容許有這種違禁品的。」

正說得起勁的文樂心頓時好不掃興，抿了抿嘴反駁道：

你怎麼就知道？
老師有告訴你嗎？

文宏力頭一昂，理所當然地道：「在學校裏是違禁品，在訓練營裏當

然也是違禁品，這是常識，哪用老師多說明？」

　　文樂心很不以為然地道：「這只是你自己的意思罷了！」

　　文宏力聳了聳肩，擺出一副懶得管她的神情說：「好呀，那你就帶去試試看吧！」

　　媽媽瞪了文樂心一眼，怪責道：「哥哥是風紀隊長，他知道的自然比你多，你應該相信他的話。」

　　文樂心不敢再作聲，心裏卻很不服氣地想：「哼，我才不要聽他的！」

到了出發的那一天，文樂心跟爸爸媽媽揮手道別後，便懷着既興奮又緊張的心情，跨上了老師為同學們安排好的旅遊車。

負責這次活動的麥老師和徐老師，正站在學校門外為同學點名，車上的同學們趁着這個空檔，三三兩兩地圍在一起嬉戲。

文樂心一坐下，便迫不及待地把自己的右手伸出來，在江小柔、吳慧珠和謝海詩面前得意地揚了揚，問：

「你們看，這是我的最新作品，好看嗎？」

原來她的右手食指上，正套着一個以彩虹橡皮圈編織而成的蝴蝶指環，蝴蝶的造型很生動別致，遠遠看過去跟真的沒兩樣。

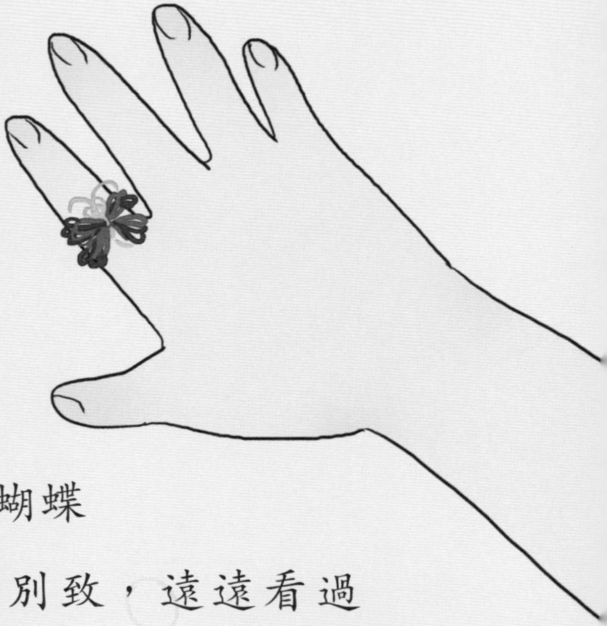

江小柔眼前一亮：「哇，很漂亮啊，可以教我編嗎？」

吳慧珠也很感興趣地嚷着說：

「我也想學啊！」

　　連平日一臉傲氣的謝海詩，也忍不住開口讚道：「這個指環真的蠻不錯嘛！」

　　文樂心樂透了，連忙打開背包，從中取出一個盛滿橡皮圈的膠盒子，小聲地呵呵笑說：

「我已經帶備所需的用具，今天晚上我們便可以一起編了！」

吳慧珠也興奮地打開自己的背包，獻寶似的展示給大家看：「我也帶了很多零食，我們可以一面玩一面吃呢！」

大家都開懷地喊：「太好了！」

忽然，一把聲音從她們頭頂罩下來：

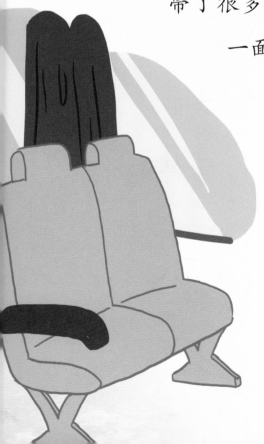

你們在幹什麼？

她們急忙抬頭一看，原來是高立民。

文樂心想立刻把盒子收起來，可惜為時已晚，高立民已經大呼小叫地道：「噢，小辮子，你

們居然敢帶違禁品，我要告訴老師！」

文樂心雖然有些害怕，但仍然嘴硬地反駁：「我們只是去訓練營，又不是上課，誰說彩虹橡皮圈是違禁品的？」

高立民雙手交叉在胸前，嘻嘻一笑道：「好啊，不如我們聽聽麥老師怎麼說。」

正當高立民欲跳下車去找老師的時候，車廂後排忽然傳來一陣「呎呎呎」的響聲，謝海詩立時像觸電似的從座位上跳起來，把高立民喊住：「等一下！」

高立民歪着嘴角，得意洋洋地笑道：「怎麼啦？」

謝海詩伸手往車廂後排指了指，回他一個淡淡的微笑：「在找老師前，請你先看看你們男生在做什麼。」

高立民和文樂心跑過去一看，只見胡直、黃子祺和周志明

三人正一起圍着一部平板電腦，玩遊戲玩得入迷，完全沒注意到有人在盯着自己。

　　謝海詩用手指撓着自己的大馬尾，跟高立民討價還價地道：「如果你要向老師告狀，那麼請你也順道報告一下男生的情況囉！」

黃子祺等人頓時有所警覺地抬頭，發現眾人都在看着他們，慌忙一邊把平板電腦收起來，一邊朝謝海詩做了個鬼臉道：「你這隻臭海獅，總愛多管閒事！」

　　謝海詩托了托眼鏡，一臉公正不阿地道：「既然高立民要管女生的事，女生當然也得管管男生的事，這樣才公平嘛！」

　　這下可好了，高立民為難地呆立當場，不知該怎麼辦才好。

　　文樂心眼見他們又要吵起來的樣子，連忙跑上前勸道：「噓——你們

都別吵了，萬一把老師惹來了便糟糕啦！」

　　大家聽到「老師」二字，都立時噤聲，然後不約而同地往車窗外望，見到徐老師和麥老師仍然在校門外忙着，才安心地鬆了一口氣。

　　這時，一直在旁嚼着口香糖的珠珠，忽然語音含糊地提議：「既然大家都帶了違禁品，不如我們來個君子協定吧，雙方都答應為對方保密，好不好？」

　　高立民不屑地瞪了女生們一眼，說：「嘿，有誰聽說過女生是君子

的？」

　　謝海詩連忙還擊道：「你們雖然是男生，但也不見得一定就是君子！」

　　文樂心見他們還是談不攏的樣子，苦惱地説：

哎喲，你們別這樣了，好嗎？

高立民和謝海
詩雖然不是太
樂意，但見其
他同學都如此
說，只好無奈
地道：「好吧，
一言為定！」

第四章　最髒的心肝寶貝

　　這次訓練營的營地是一個靠近海邊的度假村，不但風景怡人，還設有各種各樣的康樂設施，十分吸引。

剛從旅遊車上跳下來的胡直，興沖沖地拉着高立民說：「麥老師說過這兒有籃球場呢，我們快去！」

被長途車晃得頭昏腦脹的高立民一聽，頓時精神一振：「太好了，這次我一定要跟你好好較量一下！」

黃子祺也興奮地跟周志明商量：「我們該先去玩攀登牆，還是去試試射箭呢？」

周志明提議說：「去踏單車好嗎？」

「嗯，這個主意也不錯！」黃子祺同意地點頭。

正當大家都在摩拳擦掌，預備要去玩個痛快時，麥老師卻揮動手上的旗子說：「各位同學，請你們按照徐老師所分配的組別和房間編號，到一號營舍去找你們的房間，先把行李放好，十五分鐘後到一號營舍對面的餐廳集合。」

男生一聽，
都不禁掃
興地「唉」
了一聲：
「這兒有
那麼多遊
樂設施，
卻連玩的機
會也沒有，實在太可惜了！」

　　女生卻不一樣，她們最關心的反
而是晚上會在怎樣的房間裏度過。故
此，麥老師才剛説完，她們便已經一
馬當先地直往營舍飛奔而去。

一號營舍是一座三層高的建築物，樓梯設在大樓的正中央，把各層清楚地分成左右兩邊，每邊設有六個房間。

文樂心那組的房間是位於二樓右邊的第一個房間，房間雖不算很大，但也剛好能放下六張單人牀和衣櫃，足夠全組組員入住。

門一開，女生們都爭先恐後地各自佔據一張牀。

　　走在最前頭的文樂心，率先挑了一個靠近窗戶的位置，然後把背包往地上一扔，把背包裏那盒彩虹橡皮圈悄悄地放進牀邊的衣櫃裏。

　　放在這兒應該安全吧？她一心只想着橡皮圈，沒注意到自己的背包正在地上，謝海詩經過時不

小心把背包踢翻了，一張殘舊的小被子掉了出來。

眼尖的謝海詩馬上好奇地湊過去，用兩根指頭拈着被子，誇張地大

聲怪叫：「哎喲，心心，你這個是
什麼鬼東西？灰灰黑黑的，好噁心
啊！」

　　文樂心漲紅了臉，急忙從謝海詩
手上奪回小被子，說：「你怎麼拿了
我的寶貝被子？快還給我！」

謝海詩歪着嘴角，嫌棄地笑道：「我才不要碰它呢，髒死了！」

其他女生們聽了，都哄然大笑。

自己的寶貝被嘲笑，文樂心感到很不是味兒，忙急切地解釋道：「從小它便陪着我長大，是我的好朋友，你不許這麼說它！」

江小柔也替文樂心解圍道：「哎呀，你們怎麼大驚小怪的？我也帶了我的寶貝來啊！」

大家驚喜地喊：「原來不止文樂心有寶貝啊！」

文樂心頓時有種找到知音的喜

悅：「小柔，你果然是我的好朋友，可以讓我看看你的寶貝嗎？」

吳慧珠也趕緊湊過來：「我也要看！」

江小柔見大家如此熱情，也樂於把寶貝拿出來跟大家打招呼。

原來江小柔的寶貝是一隻小白兔，雖然它的耳朵已經被縫補過無數次，毛色也早已從雪白色變成灰黑色，但在江小柔眼中，它仍然是最可愛的心肝寶貝。

吳慧珠見大家興致正濃，於是也湊興地把自己的寶貝拿出來，而她的寶貝就是一個從粉紅色變成灰色的小枕頭。

誰知謝海詩一看，立刻掩着鼻子急退一大步，怪叫道：「喔！珠珠，

你這個枕頭一定沾了不少口水吧？髒死了，你千萬別過來喲！」

吳慧珠扁了扁嘴巴說：「哎喲，海獅你很討厭啊！」

文樂心看着吳慧珠一臉不爽的表情，忽然揚聲道：「大家想不想也見識一下海獅到底帶了什麼寶貝啊？」

「好哦！」

一時間，大家都起哄地跑到謝海詩的牀前，把她團團圍了起來。

謝海詩連忙一躍上牀，一邊用手護着背包，一邊嘻嘻地陪笑道：「我的背包沒什麼好看的，裏面什麼也沒

有啊！」

　　然而，在羣情洶湧的情況下，謝海詩無路可逃，只好妥協地把自己的寶貝拿出來。

　　而她的心肝寶貝就是──一隻缺了一隻眼睛和一根手臂的小猴子。

第五章

都是哥哥惹的禍

十五分鐘過後，所有人都按時來到餐廳集合。

麥老師以洪亮的聲音向大家宣布：「今晚的晚餐，將會由你們自己來負責。你們每組會獲發一百元作為購買食材之用，至於購買什麼食材，你們可以按自己的能力和喜好自行決定。」

「救命啊，我完全不懂煮食的呀！」周志明懊惱地一拍額頭。

高立民倒是自信滿滿地說：「嘿，

你跟我同組算你走運，我可是烹飪高手呢！」

　　文樂心受不了他的氣燄，忍不住插嘴道：「別吹牛了，你會做飯？」

　　高立民把鼻子仰得比天高，毫不在乎地笑說：「我到底是不是吹牛，待會兒你自然知道。倒是你，你會做

飯嗎?」

　　文樂心當然不會做飯,但她仍然
不肯認輸:「哼,當然會!」

　　高立民淡淡一笑地道:「好呀,
我很期待你的手藝啊!」

　　望着高立民那副趾高氣揚的神
情,文樂心很是氣惱,連忙拉着其他

組員問：「有誰懂得做飯嗎？」

「不懂啊！」所有人都搖搖頭。

「糟糕，那我們該如何是好？」文樂心苦惱得緊皺着眉頭。

正當大部分同學和文樂心一樣感到彷徨無助的時候，麥老師忽然又再補充說：「為了令活動進行得更順利，每組都會有一位高年班的哥哥或姐姐當組長帶領大家，各組同學做出來的食物將會由我和徐老師負責評分，看看哪一組得分最高。」

「太好了！」所有人都開心地拍掌。

　　謝海詩鬆了一口氣道：「既然有學姐幫忙，大家便不必太擔憂了啦！」

　　謝海詩話音剛落，一把低沉的男聲在她們身旁響起：「我叫文宏力，是你們這次活動的組長。」

「哥哥？」文樂心見到哥哥忽然憑空出現，詫異得張大了嘴巴，問：「為什麼我不知道你會來的？」

文宏力聳了聳肩道：「我是故意不讓你知道的。」

江小柔在文樂心耳邊悄聲問：「你哥哥的廚藝怎麼樣？還行嗎？」

哥哥的烹飪水平，身為妹妹的文樂心當然清楚。

她只好坦白地搖了搖頭。

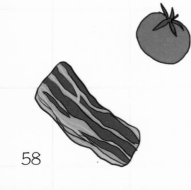

江小柔立時擔憂地道：「那怎麼辦？」

然而，她們已經沒時間再左思右想了，在麥老師的一聲令下，同學都紛紛跑向餐廳內的小賣部，開始搶購食材。

謝海詩連忙催促她們：「我們快去買東西，不然食材都賣光了！」

「但是，我們可以煮什麼？」江小柔為難地問。

吳慧珠貪吃地舔着舌頭說：「香腸雞蛋麵好嗎？」

謝海詩欣喜地問：「珠珠，你懂得做這個嗎？」

吳慧珠有些不好意思地嘻嘻一笑：「我只懂得吃而已。」

「唉！」大家都失望地歎氣。

「水果沙拉怎麼樣？」文樂心提議。

「我們做的是晚餐耶，沙拉怎麼吃得飽？」謝海詩皺着眉道。

一直默不作聲的文宏力忽然說：「做三明治吧，沒有比這個更簡單的了。」

　　雖然大家並不太喜歡這個建議，特別是文樂心，然而此刻除了三明治，也實在別無選擇。

　　一致通過後，大家馬上購買食材，然後開始分工合作。謝海詩負責切麵包，吳慧珠負責開罐頭，江小柔負責打蛋，而文樂心則負責煎蛋和火腿。

　　老師在餐廳的一角放了好幾張長

桌，每張桌子上
都設有一個電磁
爐，並由每組的
組長負責監督，讓同
學可以在安全的情況下煮食。

　　第一次下廚煎蛋的文樂心，顯得
戰戰兢兢，故意把電磁爐的火力調校
到最小，但就是因為火太小了，雞蛋
遲遲未熟。

　　　　　　　　「心心，你的火太小
　　　　　　了。」站在旁邊監察的
　　　　　　文宏力，忍不住出手替
　　　　　　她把火調大了一點。

怎麼辦？

怎麼辦？

　　煎鍋受熱後，發出「噼噼啪啪」的聲響，雞蛋迅即轉熟。

　　文樂心本想把雞蛋鏟起來，但試了好幾遍也不成功，眼看雞蛋要燒焦了，她慌了手腳，尖叫着說：「怎麼

辦？怎麼辦？」

文宏力見狀，立刻上前把電磁爐關掉，可惜已經太遲了，雞蛋早已焦黑一片。

「噢，我的雞蛋！」文樂心驚叫。

其他組員也不禁哀歎道：「看來我們的晚餐是沒指望了！」

偏偏這時高立民剛好路過，見到焦黑

的雞蛋，哇哈哈地捧腹大笑：「小辮子，你這是在煎雞蛋還是煎黑炭啊？」

文樂心感到既羞愧又丟臉，只好別過了臉不理睬他，心中埋怨道：「哼，若不是哥哥自作聰明地把火調大，我便不會在高立民面前出醜了，都是哥哥不好！」

 似曾相識的藏寶圖

晚飯過後，麥老師和徐老師把大家召集在營舍門前的那片空地上，預備向大家介紹另一個活動。

麥老師手上捧着一堆用繩子捆住的畫紙，不知有什麼作用。

高立民盯着那一卷卷的畫紙，很好奇地問：「這些畫紙到底是怎麼回事？」

黃子祺故意搞怪地笑道：「該不會是我們的『提早畢業證書』吧？」

高立民沒好氣地說：「你又不是

六年級生，畢什麼業？」

　　吳慧珠貪婪地吞了吞口水道：「如果這些畫紙都能變成蛋卷就好了。」

　　謝海詩忍不住取笑她道：「你這個饞嘴鬼，滿腦子都盡是吃，小心變大肥豬啊！」

　　吳慧珠摸着扁扁的肚皮，可憐兮兮地道：

「剛才我只吃了一份三明治，真的太少了嘛！」

不一會兒，謎團解開了。

麥老師向大家展示其中一張畫紙，只見紙上畫着一個形狀古怪的圖形，圖形中還標示着一些圖案和方向指示。

正當大家感到疑惑的時候，麥老師解釋道：「這是一張由六年級的大哥哥為你們設計的藏寶圖，裏面用紅筆打着交叉符號的地方，便是藏有寶物的位置。你們的任務，就是要按照圖中的指示，把我們預先藏好的寶物

找出來。」
　最貪玩的黃
子祺雀躍地說：「原
來是尋寶遊戲，
很刺激啊！」

文樂心滿懷童真地幻想

着：「我們會不會找到一個

盛滿珠寶、皇冠，甚至神燈的藏寶箱

呢？」

　　高立民冷笑一聲道：「小辮子，

別異想天開了，你以為你是在編童話

故事嗎？」

　　文樂心的幻想頓時破滅，她很是

氣惱，乾脆跟高立民對着幹：「我就

是愛編故事，不行嗎？」

他們的
話驚動了麥
老師，麥老師
銳利的目光驟
然落在高立民和
文樂心身上，嚇得
他們急忙閉嘴不語。

　　麥老師盯了他們
一眼後，才又揚了揚手上的藏寶圖
道：「我們總共預備了三張不同的藏
寶圖，這只是其中的一張。遊戲規則
就是要以最快的速度找到寶物，找到
最多的一組為勝，將會獲得一份神秘

禮物。」

文樂心從麥老師手上接過藏寶圖一看，便奇怪地「咦」了一聲說：「這張藏寶圖很面熟啊，好像是在哪兒看過似的。」

吳慧珠一邊偷偷吃着帶來的餅乾，一邊驚訝地問：「心心，難道你已經玩過這個遊戲？你是不是已經知道寶物在哪兒了？」

高立民禁不住「咪」的一聲取笑道：「對啊，她還當過公主和坐過飛毯呢！」四周的同學聽了都忍不住嘻嘻地竊笑起來。

文樂心見大家都取笑她，不高興地努着嘴巴説：「我的確有種似曾相識的感覺嘛！」

　　謝海詩托了托眼鏡，裝出專家的樣子説：「每張地圖都是由不規則的曲線所組成，看上去當然都是差不多的啦！」

　　文樂心不經意地往前方一望，忽然見到哥哥正跟一位胖胖的男生一起走進一號營舍，沿樓梯往上層走去。

她心念一動，趁眾人沒注意的時候，偷偷追上前喊：「哥哥！」

文宏力見是文樂心，詫異地站住：「有什麼事嗎？」

她把藏寶圖攤在哥哥面前，一雙眼睛充滿期待地問：「哥哥，你那天神神秘秘地躲在房間裏忙了一整晚，是不是就為了這張藏寶圖？」

「沒錯。」文宏力毫不諱言地點點頭。

文樂心目光一亮：「那麼，你一定知道寶藏的位置囉？」

文宏力皺了皺眉反問：「那又如何？」

她刻意壓低聲線說：「快告訴我！」

他一口拒絕：「不行！」

她雙手合十，悄聲地懇求道：「告訴我嘛，

我是你的妹妹啊，幫幫我吧！」

　　　　　他堅決地搖頭：「絕對不行，你這樣做是犯規的。」

　　　文宏力說完，便頭也不回地跟那位胖胖的男生往走道走去。

　　　文樂心沒想過哥哥會拒絕自己，不禁呆在當場，滿臉不解地道：「不過就是一個遊戲嘛，他有必要這麼鐵面無私嗎？」

第七章 弄巧成拙

　　打從接過藏寶圖的那一刻開始，不少組別的同學都馬上到處亂跑，似乎想翻遍四周每一個角落。為了確保同學的安全，營舍的附近範圍各處，均安排了高年班的風紀哥哥、姐姐負責站崗，維持秩序。

　　那邊廂，高立民接過地圖後，便立刻跟黃子祺、胡直和周志明等組員圍在一起，商討着該往哪個方向走。比較起其他同學的慌亂，他們這一組選擇先冷靜地看清地圖再出發。

　　胡直指着地圖上的一個紅色交叉
說：「這兒便是寶物的位置，對吧？」
　　黃子祺拿着地圖認真地研究：
「沒錯，按照地圖的指示，寶物似乎
應該藏在餐廳內。」

「餐廳是位於一號營舍的對面，而我們現在身處的地方正正是一號營舍的門前，目標不就在我們的不遠處？」高立民一邊說，一邊在地圖上指出位置。

「既然如此，我們還等什麼，快跑吧！」男生們同時向着餐廳跑去。

剛跑了幾步，黃子祺忽然抱着肚子「哎呀」一聲。

「你怎麼了？」前頭領跑的高立民回頭問。

「你們先走吧，我要上洗手間！」

黃子祺邊說邊搵住肚子，急步往一號營舍樓上的男洗手間跑去。沒想到在一樓竟見到文樂心正手拿藏寶

圖，呆站在走道上，一臉灰溜溜地盯着前方。

他循着她的目光望過去，只見到文宏力和另一位同學走遠了的背影。

他望了望他們的背影，再望了望文樂心，忍不住好奇地問：「小辮子，

你站在這兒幹什麼？」

文樂心回頭見是黃子祺，吃了一驚，隨便回了他一句「沒什麼」，便逃也似的往下跑。

黃子祺不解地歪着頭道：「奇怪，她這個時候不去找寶藏，卻巴巴地跑來找哥哥幹什麼？」

可是肚子又再度傳來陣陣痛楚，黃子祺來不及細想，頭一甩便馬上以光速衝去洗手間。

文樂心無法從哥哥口中套出寶藏的位置，只得回去跟組員們會合。可是，當她剛走到營舍門外的空地時，

便已經聽到餐廳那邊傳來一陣震耳欲聾的歡呼聲。

她連忙跑過去一看，只見所有人都聚集在餐廳內。

高立民和他的組員正站在人羣之中，他手上捧着一個黑色的雕花首飾

找到了！

盒子，一邊手舞足蹈，一邊高聲嚷嚷：
「耶，找到了，我們找到寶藏了！」

「唉呀，怎麼會是他嘛？」文樂
心很不甘心地喊。

高立民還故意捧着首飾盒子來到
文樂心的面前，耀武揚威地道：「小

辮子你看，我們的藏寶箱漂亮吧？」

「哼，有什麼了不起？我才不稀罕！」文樂心嘴硬地說。

謝海詩卻氣呼呼地走過來向她吼道：「你還敢說？都是因為你我們才會輸啦！」

「我？」文樂心一怔。

「要不是你一聲不響地拿着藏寶圖走開了，現在拿着藏寶箱的說不定就是我們！」謝海詩生氣地說。

吳慧珠也不滿地埋怨：「對啊，你跑開沒關係，為什麼還帶走了藏寶圖呢？」

跟文樂心最要好的江小柔也大惑
不解地問：「心心，你剛才到底跑哪
兒去了啊？」

　　文樂心沒料到事情會弄巧成拙，
只好隨口編了個謊：

我……
我迷路了啦！

第八章 「天字第一號」房間

　　尋寶遊戲的第一局結束後，麥老師拿出一把鑰匙，當眾把高立民找到的首飾盒子打開，同學們都好奇地湊過去，想要看看裏面到底放了什麼。

　　一看之下，大家都失望極了：「原來只是另一張藏寶圖。」

　　周志明雙手交疊胸前，有點不滿

意地道：「枉我們剛才還那麼認真地去找寶物，原來只是一場空！」

高立民倒是不在乎地笑說：「沒關係啦，怎麼說我們也是勝出了，不是嗎？」

文樂心橫了他一眼，立刻更正道：「什麼勝出？麥老師一開始不是說一共有三張藏寶圖嗎？我們還未分勝負呢！」

高立民驕傲地一抬頭，完全不把她放在眼內：「好呀，放馬過來啊，不過你千萬不要再像剛才那樣迷路才好，否則我怕我會贏得太容易呢！」

文樂心很不服氣，但一時又不知該怎麼回嘴。

　　謝海詩見高立民一副得勢不饒人的樣子，忍不住幫腔道：「嘿，你的腿長得比我們女生都要短，如果你要取勝，我看你得多練習跑步才行啊！」

　　女生們頓時掩嘴偷笑。

　　高立民最受不了別人拿他的高度來開玩笑，他緊握着拳頭，生氣地道：「哼，你們走着瞧！」

　　文樂心那一組取得藏寶圖後，便緊張地看起來：「寶藏呢？寶藏在哪兒？」

　　第二張藏寶圖跟第一張很不一樣，圖中畫着的不是地圖，而是一號營舍各層的房間分布圖。

她們很快在藏寶圖上看到一個紅
豔豔的大交叉，正醒目地打在位於二
樓右邊第一個房間的位置。

江小柔驚訝地說：「二樓右邊的
第一個房間，不正是我們入住的房間
嗎？」

大家互望了一眼，不約而同地
高呼：「快跑！」

與此同時，一大羣男生也
來勢洶洶地從後趕上來，
走在前頭的女生嚇了
一跳，連忙加緊

腳步往二樓跑去。

　　然而，當女生一馬當先地來到二樓的右邊走道時，她們的腳步卻忽然止住，跟在後頭的男生不知就裏，也不由地跟着停下來。

　　黃子祺詫異地排眾而出：「怎麼啦，發生什麼事？」

　　當他來到前頭一看，也發現有些不對勁。

原來二樓右邊走道的兩旁，都各有三個房間，而高立民和文樂心這兩組，剛好分別各佔了走道的第一個房間。

一時間，大家都很迷惘，到底哪一個房間才是「天字第一號」房間？

高立民看了看自己的房間，又看了看文樂心她們的房間，迷惑地道：「按照藏寶圖上標示的位置，寶物應該就是在二樓右邊的第一個房間。可是，到底是我們那一間，還是她們那一間？」

謝海詩輕咳一聲，以大偵探的口

吻，仔細地分析起來：「依我看，應該就是高立民他們的那一間吧。你們看，他們的房門比我們的超前了接近十厘米呢！」

文樂心湊前一看，也贊同地點點頭：「沒錯，他們的房間一定就是『天字第一號』房間！」

就在這時，不知是誰大聲一喊：「快進去呀！」

其他同學一聽，也不管真假，

便一窩蜂似的衝進了高立民那組的房間。

　　剛好站在門前的黃子祺走避不及，被洶湧的人潮擠得慘叫：

救命呀！

第九章 鐵面無私

　　為了尋找寶物，數十位男生女生，像擠巴士似的擠進了高立民那一組的房間，來個翻天覆地的大搜索。

　　一時間，狹窄的房間裏一片鬧哄哄，連風紀隊長文宏力也聞風而至，出言警告大家：「這兒不是只有我們入住的，請大家守秩序，不要騷擾到別的營友啊！」

　　文樂心在房間內到處亂翻，不經意掀起牀上的一張被子，卻猛然發現被子下面放着一部平板電腦。

她認得這部平板電腦是黃子祺
的，今早在旅遊車上的時候，她們還
跟男生來了個君子協定。

　　正當她欲把被子蓋回去的時候，
卻不巧地被文宏力發現了。

他指着平板電腦，板着一張臉問：「這是誰的東西？」

黃子祺不知從哪裏蹦出來，怯怯地道：「是我的！」

文宏力冷冷地訓斥他：「難道你不知道訓練營是不可以帶這種東西的嗎？我現在要把它交給老師。」

黃子祺嚇得臉都白了，忙求情道：「這

東西很貴的，我回去怎麼跟爸媽交代啊？」

可是，文宏力仍然鐵面無私地道：「如果你想把它要回去，便請你親自找老師說吧！」

黃子祺一拍額頭驚叫：「不要啊！」

這時，同學們都已把房間搜遍了，卻仍然一無所獲，周志明搔搔頭道：「該不會是在文樂心她們的房間吧？」

他話音剛落，大家便好像懂得瞬間轉移似的，轉眼便擠進對面的房間裏去。

正當大家都像警察搜查證物一般，開始要把文樂心她們的房間也徹底翻查一遍時，高立民突然揚聲大叫：「各位，你們看我找到什麼？」

「糟了，難道又被他捷足先登？」

　　當文樂心回頭一看，發現高立民手上拿着的，居然是她那盒彩虹橡皮圈時，她的眼睛睜得幾乎要掉下來了。

　　高立民連忙殷勤地把橡皮圈交給文宏力：「風紀哥哥，這兒也有違禁品呢！」

　　文宏力認得這盒橡皮圈是文樂心的，臉色頓時一沉。

黃子祺見機不可失，趕忙拉着文樂心，苦着臉道：「小辮子，請你幫我跟你哥哥說說情，請他網開一面吧！」

　　「哥哥……」

　　誰知她只喊了一聲，還來不及開口說話，文宏力已經以一視同仁的語氣說：「對不起，我是風紀，我不管

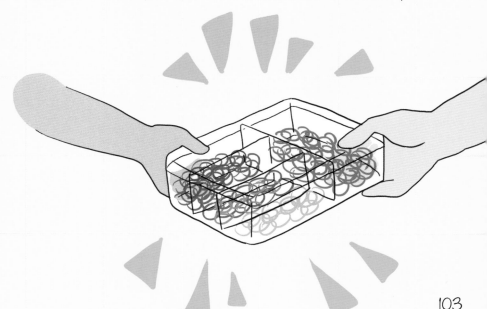

這些違禁品是誰的，總而言之，我一律按規矩充公，請你們自己找老師要回來！」

一下子，所有人都像看好戲似的望着文樂心。

文樂心頓時難堪得漲紅了臉，嘴裏沒說什麼，心裏卻氣憤難平：「我怎麼說也是他妹妹，怎麼可以這樣絕

情啊？」

　　正當大家都把目光放在文樂心身上的時候，吳慧珠不動聲色地抱着自己那個裝滿零食的背包，躡手躡腳地走出去。

　　離開了房間後，她安心地輕呼了一口氣：「噓，幸好沒有被發現。」

　　安全警報解除後，她不由地坐在

門外的走道上，從背包中取出一包薯片，開始大口大口地吃起來。

吃着吃着，她覺得背部有些硬邦邦的，好像頂着什麼東西。

她回頭一看，只見一根小小的鑰匙，被人用強力膠布牢牢地貼在牆壁上，膠布上還打着一個紅色的交叉。

吳慧珠驚喜地大叫：「哇，是寶物呀！」

不消兩秒鐘，所有人都從房間裏跑了出來。

大夥兒一看，都朝她豎起了大拇指：「珠珠，你很厲害啊！」

正當吳慧珠沾沾自喜的時候，文宏力那把冷冷的聲音破空而出：「我要充公你的零食。」

吳慧珠連忙把背包往身後一收，慘叫道：「不要啊！」

第十章　最漂亮的鬼屋

對於第二件寶物竟然是一把鑰匙，同學們都有些摸不着頭腦。

吳慧珠疑惑地問：「這到底是一把什麼鑰匙呢？」

文樂心仍然滿臉天真地猜想：「難道是用來開啟真正的藏寶箱？」

高立民嘲笑她：「你想得美！」

謝海詩又再發揮她的偵探本色，冷靜地分析道：「看這鑰匙的大小，應該是用來開啟比箱子大些的東西

吧！」

江小柔聽到後不禁疑惑地說：
「比箱子大的東西？那究竟會是什麼
呢？」

這時候，麥老師出現了。

他從吳慧珠手上取過鑰匙，朗聲
地對同學們說：「剛才那兩局比賽，
高立民和文樂心兩組各勝一局。現在
我手上有兩張相同的藏寶圖和鑰匙，
這兩組的成員可以分別各取一份，然
後按圖中路線找出一個房間。誰能首
先用鑰匙打開房間的那道門，誰就能

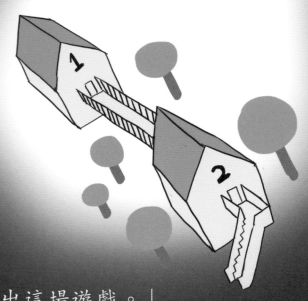

勝出這場遊戲。」

　　這個房間是位於二號營舍的地下，本來一點也不難找，但麥老師規定，參加的同學必須按藏寶圖上的路線走，路程頓時變得迂迴曲折得多。

　　首先，他們要走到一號營舍的頂層，穿過那條能通往二號營舍的露天走道，再沿着另一道露天的樓梯往下

走，才能抵達終點。

　　糟糕的是，露天走道兩旁那幾盞路燈都壞了，現在已經是晚上八時多，夜幕低垂，四周黑茫茫的，兩組的同學們只能靠着老師分發的手電筒照明，大家都走得小心翼翼的。

　　　　　　　　忽然，走在
　　　　　　　　人羣中的江小柔
　　　　　　　　尖聲大叫。

「什麼事？」大家都吃了一驚。

「有老鼠啊！」她抖着聲音說。

女生們都立刻跟着尖聲大叫起來，紛紛低頭往地上查看。

周志明覺得有趣極了，於是故意繪影繪聲地道：「不僅老鼠，還會有毒蜘蛛和大蜥蜴呢！」

「不會吧？」小柔吃驚地盯着腳下，走得一步一驚心，其他女生的步速也跟着慢了下來。

文樂心焦急地安撫大家說：「大家千萬別上當，周志明只是想嚇唬我們而已！」

高立民反駁道：「小辮子，你的常識科一定是拿零分的吧？這兒是郊外，當然會有各種小動物啦！」

　　「小動物算什麼，還有更恐怖的在後頭呢！」黃子祺把手電筒照向自己的臉，歪着嘴角壞笑道。

　　女生們聽了都不禁臉色大變。

　　文樂心心裏也有點發毛，再加上四周環境昏暗，耳邊又不停地傳來「唧唧」的蟲鳴聲，的確有點恐怖。

　　然而，文樂心實在不想敗在高立民手上，於是她拉着小柔的手道：「別理他們，我們一起走過去！」

　　她們二人咬緊牙關，加快腳步地

向前衝，終於勇敢地穿過了那條昏暗的走道，然後沿着樓梯往下走，終於來到二號營舍的地下。

才剛站定腳，江小柔便發現不遠處有一個門外貼着紅色交叉紙條的房間，她驚喜萬分地道：「心心，我們找到了！」

文樂心也興奮地嚷嚷：「太好

了！」

高立民和黃子祺隨後趕至，見江小柔已經手握鑰匙預備開門，都恨得牙癢癢的。

黃子祺抬頭看了看四周，故意怪里怪氣地道：「這兒看起來很陰森啊，房間裏面該不會藏着什麼妖魔鬼怪吧？」

周志明也煞有介事地指着房間的門把道：「你們看看這個門把，殘破得好像快要掉下來的樣子，我猜裏面一定是住滿蜘蛛和蟑螂的鬼屋。」

「鬼屋？」江小柔手一抖，握

在手上的鑰匙「噹」的一聲掉了在地上。

文樂心生氣地衝後頭那班男生罵道：「你們敢再胡説八道，我便告訴麥老師！」

然後，她替小柔拾起鑰匙説：「讓我來試試吧！」

文樂心其實也怕得要命，但她不願意在那幫男生面前示弱，只好半睐着眼睛，「咔嚓」一聲旋開了房間的門。

在房門應聲而開之際，大夥兒都不約而同地「哇」的一聲大叫。

瞇着眼睛的文樂心也連忙尖叫着往後退。

　　高立民「咻」的一聲取笑她：「膽小鬼！」

　　文樂心馬上睜眼一看，才發現眼前這個房間既沒有妖魔鬼怪，也不是布滿蛇蟲鼠蟻的鬼屋，而是一個既寬敞又精緻的大房間。

　　她不禁眼前一亮。

　　這個房間比一號營舍的房間漂亮多了，每張牀都鋪上印有繽紛圖案的牀單，每張牀的旁邊放着一張小書桌，房的中央

有小圓枱，另外還設有獨立的洗手間
和浴室，十分漂亮整潔。

　　麥老師和徐老師不知什麼時候進
來了。

徐老師微笑着對大家說：「尋寶遊戲有結果了，勝出的是文樂心這一組。至於神秘禮物就是可以讓你們在這個精美的房間住宿一晚。希望各位同學通過這個尋寶遊戲可以明白到團隊合作的重要，並且能把你們的智慧和勇氣發揮到生活的不同方面。謝謝各位同學踴躍參與！」

女生們驚喜地拍掌歡呼：「哇，萬歲！」

黃子祺不服氣地輕哼一聲道：「你們小心點，半夜可能會有怪獸出沒呢！」

第十一章　作弊疑雲

　　遊戲結束後，同學們各自回到自己的房間休息，準備睡覺。

　　高立民他們一組男生坐在房間內聊天。當談到剛才的尋寶遊戲時，高立民心有不甘地道：「小辮子這麼笨，怎麼可能會勝出的？真不服氣！」

　　黃子祺也跟着附和道：「對啊，在第一回合的時

候，地圖分明已經清楚顯示寶物是在餐廳裏，她卻傻乎乎地拿着藏寶圖一個人往一號營舍跑，你們說她是不是天下第一大笨蛋？哈哈！」

周志明撥了撥自己的頭髮，大惑不解地說：「奇怪，我們大家都到過餐廳做晚餐，她不可能不知道餐廳在哪裏，怎麼會跑到

一號營舍呢？」

　　黃子祺接口道：「其實那時我還在走道上看到她的哥哥，也許她只是想去找哥哥吧。」

　　高立民忽然心念一動：「我記得麥老師說過藏寶圖是六年級的大哥哥畫的，她該不會是去找哥哥查問寶藏藏在哪兒吧？」

　　經高立民這麼一說，黃子祺頓時恍然大悟：「怪不得她那時看到

我一臉吃驚，原來是自己作弊了，所以心中有鬼！」

　　「作弊」二字一出，男生們羣情洶湧地跑到「鬼屋」來，大力地拍着文樂心她們的房門。

　　來應門的江小柔很是詫異：「你們在吵什麼啊？」

　　周志明雙手插腰，理直氣壯地直
嚷嚷：「這個房間應該是屬於我們組
的，你們快搬出去！」

　　謝海詩從房間裏探出頭來，毫不
客氣地說：「你們再在這兒搗亂，我
便要告訴老師了！」

　　高立民頭一昂道：「哼，好呀，

我們也正要找老師來評評理呢，你們女生是作弊才勝出比賽的，這個房間真正的主人應該屬於我們！」

其他女生也跑出來聲援道：「喂，你在胡說什麼？誰作弊了？」

站在人羣中的黃子祺排眾而出，指證文樂心道：「在第一個回合開始時，我見到小辮子跑到一號營舍找她的哥哥，回來後她便連勝兩局，分明就是從哥哥那兒得到什麼情報！」

雖然文樂心
的確曾經有過這樣
的心思，但她並沒有
從哥哥那兒得到任何情
報，她委屈地喊冤：

我沒有！

127

「鬼才相信！」

「我們要找麥老師來主持公道！」

正當男生都嚷着要找麥老師的時候，麥老師低沉的聲音正好在身後響起來：「現在已經是睡覺的時間了，你們還在吵什麼？」

黃子祺連忙跑過去，把文樂心作弊的事情告訴麥老師。

向來公正嚴明的麥老師聽了，立刻把文宏力請來，當着眾人的面前問他：「尋寶遊戲剛開始的時候，文樂心是否曾經來找你查問藏寶圖的事？」

　　文樂心擔憂地瞄了哥哥一眼。

　　文宏力坦白地回答：「她的確有找我，但我沒有告訴她。」

　　黃子祺翻了個白眼道：「騙人！她是你妹妹，你當然袒護她。」

　　「我真的沒有作弊！」文樂心委

屈得眼眶都紅了。

就在文樂心百口莫辯的時候，一位體形胖胖的六年級男生忽然插嘴道：「當時我也在場，我可以證明文宏力沒有說謊。」

麥老師帶着威嚴地瞄了大家一眼，道：「好啦，現在真相大白，大家可以回去睡覺了吧？」

雖然是真相大白，但男生還是一臉不甘心地盯着文樂心，始終認為她是個騙子。

文樂心覺得既生氣又丟臉，不禁把滿胸怨憤都算在哥哥文宏力頭上

去：「要不是因為他，我便不會接二連三地在眾人面前出醜，都是哥哥不好！」

 第十二章　哥哥，謝謝你

　　第二天早上，麥老師領着同學們
來到一片綠油油的草地上進行分組障
礙接力賽，以四人為一組，每組須以
最快的速度完成二人三足、走平衡木
和運球這三個競技項目。

　　胡直聽到有運球項目，頓時興

奮莫名地道：「耶，運球是我的強項呢！」

　　周志明也信心十足地道：「我的平衡力最好，平衡木便由我來負責吧！」

　　高立民拍了拍黃子祺的肩膊道：「兄弟，我和你便來個難度最高的二人三足吧！」

「絕對沒問題啦！」黃子祺爽快地答應。

　　另一邊廂，謝海詩問同組的文樂心：「哪一個項目最適合你啊？」

　　欠缺運動細胞的文樂心，根本沒有一個項目是較為有把握的，她支支吾吾地答不出話來。

高立民在旁聽見，嘻嘻笑地插嘴：「小辮子，你還是選擇最簡單的平衡木好了，免得又要出醜呢！」

雖然文樂心心裏也是這麼想，但卻偏不願意在他面前示弱，於是賭氣地跟江小柔說：「小柔，不如我和你一起參加二人三足吧！」

小柔憂心地問：「我們可以嗎？」

文樂心拍拍胸膛保證道：「當然了，我們不是

一向都挺有默契的嗎？」

　　不一會兒，比賽正式開始了。

　　剛起步的時候，文樂心和江小柔也真的挺合拍，可是，當文樂心注意到隔鄰的高立民走得比自己快時，腳下便不由地加快了速度，江小柔一時配合不來，文樂心便被繩子絆倒，

「撲通」一聲往前倒。

文樂心雙膝着地，膝蓋擦損了一大片，痛得她坐在地上「哇哇」地哭了起來。

這時，哥哥文宏力不知從哪兒飛奔過來，二話不說便把文樂心從地上抱起來，匆匆跑進醫療室去，行動比旁邊的麥老師還要迅速。

他一邊緊張地為她張羅急救箱，一邊安慰她道：「別怕，沒事的！」

在醫療室內當值的職員見狀，忙跑上前道：「小朋友，讓我來幫她吧！」

然而，文宏力固執地搖搖頭道：「她是我妹妹，她從小便最怕痛的，只有我才能讓她乖乖坐着不動。」

文宏力細心地為文樂心上了藥和貼上膠布後，便一直陪在她身邊照顧她。

下午回程的時候，他還把沉重的她背起來，一步一步地走回家。

依在哥哥背上的文樂心，一直默不作聲地看着哥哥為自己做着這一切，不禁回想起自己這兩天為了面子，三番四次遷怒哥哥，心裏既感動又慚愧。

　　她淚眼汪汪地說：「哥哥，你對我真好，謝謝你。」

　　文宏力酷酷地一昂首說：「當然了，你是我的妹妹嘛！」

　　「回到家裏，我要送你一份禮物作為報答。」

　　「什麼禮物？」他好奇地問。

文樂心嘻嘻地笑道：「當然就是我最拿手的彩虹手繩啦，你喜歡什麼顏色？我編一條獨一無二的送給你！」

　　可是，文宏力不但不領情，反而搖搖頭說：「我看你這個禮物是送不成了吧？」

　　「為什麼？」她一怔。

　　他輕咳一聲道：「你忘了嗎？你的彩虹橡皮圈已經被沒收了啦！」

　　經哥哥這麼一提醒，文樂心才記起來。

　　她頓時為之氣結，立刻揮起拳

頭，在他的背上重重地捶了一記，笑罵道：「哼，你還敢說？都是你不好，哥哥最可惡了！」

鬥嘴一班
玩轉訓練營

作　　者：卓瑩
插　　圖：Chiki Wong
責任編輯：劉慧燕
美術設計：李成宇
出　　版：新雅文化事業有限公司
　　　　　香港英皇道 499 號北角工業大廈 18 樓
　　　　　電話：(852) 2138 7998
　　　　　傳真：(852) 2597 4003
　　　　　網址：http://www.sunya.com.hk
　　　　　電郵：marketing@sunya.com.hk
發　　行：香港聯合書刊物流有限公司
　　　　　香港荃灣德士古道 220-248 號荃灣工業中心 16 樓
　　　　　電話：(852) 2150 2100
　　　　　傳真：(852) 2407 3062
　　　　　電郵：info@suplogistics.com.hk
印　　刷：中華商務彩色印刷有限公司
　　　　　香港新界大埔汀麗路 36 號
版　　次：二〇一四年十一月初版
　　　　　二〇二二年十一月第九次印刷

ISBN: 978-962-08-6199-4
© 2014 Sun Ya Publications (HK) Ltd.
18/F, North Point Industrial Building, 499 King's Road, Hong Kong
Published in Hong Kong SAR, China
Printed in China